Yf

Jos

DAPHNIS

ET

ALCIMADURE,

PASTORALE

LANGUEDOCIENNE;

*Repréſentée devant le Roi à Fontainebleau,
le 29 Octobre 1754.*

DE L'IMPRIMERIE
DE BALLARD, ſeul Imprimeur du Roi pour la Muſique, & Noteur
de la Chapelle de Sa Majeſté, rue Saint-Jean-de-Beauvais, à Sainte Cécile.

Par exprès Commandement de SA MAJESTÉ.

Les Paroles & la Musique sont du Sr. MONDONVILLE, Maître de Musique de la Chapelle du Roi.

Les Ballets de la Composition du Sr. LAVAL Maître des Ballets du Roi.

SUJET DU PROLOGUE.

LES JEUX FLORAUX de Touloufe furent inftitués en l'honneur de la DÉESSE FLORE. Les quatre Prix de Poëfie qu'on y donne tous les ans, ont été fondés par CLEMENCE ISAURE, Dame auffi diftinguée par fa naiffance que par fon efprit. La diftribution s'en fait le premier & le trois de Mai ; & cette cérémonie raffemble, durant ces trois jours, à Touloufe, un concours nombreux d'Étrangers, qui s'y rendent en foule des Provinces voifines. Ce ne font alors que Danfes & Sérénades continuelles par toute la Ville. On a cru pouvoir choifir un moment fi agréable pour l'idée d'un Prologue, dont l'objet eft d'annoncer l'Ouvrage qu'on va repréfenter, & de préparer le Spectateur au langage du pays.

CHŒURS CHANTANS.

CÔTÉ DU ROI.	CÔTÉ DE LA REINE.
Les Demoiselles.	*Les Demoiselles.*

Canavas.	Godonêche.
Baurans.	Travaux.
D'Egremont L.	Chefvremont.
Bertrand.	D'Egremont C.

Les Sieurs.	*Les Sieurs.*
Camus.	Chabalante.
Ayutò.	Joguet.
Benoît.	Guerin.
Bosquillon.	Abraham.
Godonêche.	Du Cros.
Gros.	Richer P.
Bêche.	D'Egremont.
Le Begue.	Tavernier.
Bazire.	Charles.
Doublet.	

ACTEURS
DU PROLOGUE.

ISAURE,   La Dlle. CHEVALIER.
JARDINIERS,
JARDINIERES,
PEUPLES,
NOBLES,

La Scene est à Toulouse.

PERSONNAGES DANSANS.

JARDINIERS.

Les Srs. Baletti C. Berterin, Rousseau, Marcel.

JARDINIERES.

Les Dlles. Lyonnois, Camille, Catinon, Vezian,
Humblot, Deschamps, Rousselet.

PEUPLES.

Les Srs. Lépi, Le Liévre, Galobier, Feuillade,
Dubois, Veftris C. le Liévre.

Les Dlles. Riquet, Dumiray, Chevrier, Maffon,
Marquife, Coupée.

LES NOBLES.

Les Srs. Lyonnois, Laval.

Les Dlles. Lany, Puvigné,

LES JEUX FLORAUX,
PROLOGUE.

Le Théâtre repréfente le Jardin de CLÉMENCE ISAURE, & fon Palais dans le fond.

SCENE PREMIERE.

ISAURE, fa Suite, *JARDINIERS ET JARDINIERES.*

ON DANSE.

ISAURE.

DANS ce féjour riant & fortuné,
Phœbus, Flore & l'Amour ont fixé leur Empire;
On y voit de leurs mains le Printems couronné,
Les cœurs font adoucis par l'air qu'on y refpire.

ISAURE ET LE CHŒUR.

On n'y craint point les rigueurs des hivers ;
On n'y craint point l'inconstance des Belles,
Nos arbres y sont toujours verds,
Et nos Amans toujours fidelles.

On danse.

ISAURE.

Pour que l'Amour soit durable & charmant,
Il faut au sentiment
Joindre le badinage ;
Et qu'un fidelle amant
Ait l'enjoument
D'un cœur volage.

SCENE

SCENE II.

ISAURE, ſa Suite, *JARDINIERS,*
JARDINIERES, PEUPLES.

ON DANSE.

ISAURE.

ICI ſans art & ſans détour,
L'eſprit tient tout du cœur, & ſçait ſe faire entendre.
Sans chercher à briller, il eſt naif & tendre,
Le Dieu des Vers n'eſt que le Dieu d'Amour.

ISAURE ET LE CHŒUR.

Nous ne cherchons point d'autre gloire
Que le plaiſir de bien aimer.

On a quand on le ſent, le don de l'exprimer,
Et de le faire croire.

Ah! qu'il eſt doux de bien aimer,
Nous ne cherchons point d'autre gloire.

On danſe.

b

SCENE III.

ISAURE, fa Suite, *JARDINIERS,*
JARDINIERES, PEUPLES, NOBLES.

On danse.

ISAURE.

*P**EUPLES**, il faut dans ce beau jour*
D'un fiécle fi chéri tranfmetre la mémoire ;
Et je veux que des prix couronnent la victoire
De ceux qui fçauront mieux chanter le tendre Amour.

CHŒUR.

Que ta gloire vole & s'étende ;
Sonnés Trompettes qu'on entende
Le nom D'ISAURE éclater dans nos Jeux,
Qu'il triomphe à jamais, & qu'il régne en ces lieux.

On danfe.

ISAURE.

Pour confacrer nos Jeux par un heureux augure,
Dans notre langage enchanteur
Intéreffons l'Amour. Traçons par quel bonheur

Daphnis fçut attendrir la fiere Alcimadure ;
De leur fimplicité la naïve peinture
Eft l'image de notre cœur.

CHŒUR.

Que ta gloire vole & s'étende ;
Sonnés Trompettes qu'on entende
Le nom D'ISAURE éclater dans nos Jeux,
Qu'il triomphe à jamais , & qu'il regne en ces lieux.

FIN DU PROLOGUE.

AVERTISSEMENT.

ON fçait en général quelle fut l'origine & quels ont été les progrès de l'ancienne Langue Provençale. Formée dans nos Provinces Méridionales, des débris de la Langue Romaine, elle y fleurit en peu de tems, & c'eſt de là que dès le neuviéme & le dixiéme ſiécle, elle s'étoit répandue dans pluſieurs Cours de l'Europe. Cette célébrité qui la fit accueillir par tout où l'on ſe picquoit alors de politeſſe, elle la dût à ſes Poëtes & ſurtout à l'uſage qu'ils firent de la Rime dont ils ont été les Inventeurs. Notre Langue Touloufaine eſt à quelques changemens près la même que cet ancien Provençal. On y trouve avec le même génie & les mêmes tours, cette douceur & cette naïveté tendre qui ſe prête ſi bien à l'expreſſion du ſentiment. Je l'ai crue par ces raiſons favorable à la Muſique, & c'eſt dans cette vûe que j'oſe en offrir un eſſai dont le zéle m'a fait concevoir l'idée & pour lequel je demande de l'indulgence en faveur du motif.

*Pour entendre plus facilèment les Paroles Langue-
dociennes, il faut :*

1°. Terminer en *e*, ou en *er*, la plûpart des mots
terminés en *a*, ou en *at*. Par exemple : *libertat*,
traduisez liberté. *Dansa*, danser, &c.

2°. Il faut changer dans plusieurs mots les *b* en
v consonne : par exemple : *Bous*, traduisez vous.
Bilatge : village. *Bibo* : vive, *&c.*

3°. L'*o* doit se changer en *é* muet. *Noubélo* :
lisez nouvelle. *Péno* : peine, *&c.*

4°. Terminer en *ée*, les mots terminés en *ado*.
Armado, armée. *Determinado*, déterminée, *&c.*

Le mot de *Péccayre*, est un terme de sentiment
qu'on ne sçauroit exprimer en François. Il en est
de même de plusieurs autres termes Languedociens.

On trouvera au - dessus de chaque vers, la tra-
duction des mots les plus difficiles.

ACTEURS

DE LA PASTORALE.

DAPHNIS,	Le Sr. JÉLIOTE.
ALCIMADURE,	La Dlle. FEL.
JEANET, *Frere d'Alcimadure*,	
	Le Sr. DE LA TOUR.

BERGERS.

BERGERES.

PASTRES.

CHASSEURS.

MARINIERS.

MARINIERES.

La Scene est en Languedoc.

PERSONNAGES DANSANS.

ACTE PREMIER.
BERGERS, BERGERES.

La Dlle. Puvigné.

Les Dlles. Catinon, Camille.

Les Dlles. Riquet, Dumiray, Deschamps, Rousselet.

Les Srs. Galobier, Lépy, Rousseau, Baletti C.

PASTRES.

Les Srs. Lany, le Liévre, Billoni, Vestris C. Dubois.

Les Dlles. Lionnois, Coupée, Humblot, Marquise, Chevrier.

ACTE SECOND.
CHASSERESSES.

Les Dlles. Marquise, Chevrier, Humblot, Coupée, Camille, Catinon, Masson, Riquet.

CHASSEURS.

Les Srs. Le Liévre, Feuillade, Vestris C. Dubois, Berterin, Billoni, Lépi, Galobier.

ACTE TROISIEME.

BERGERES.

La Dlle. Veftris.

Les Dlles. Camille , Catinon.

Les Dlles. Riquet , Dumiray , Defchamps , Maffon,
Rouffelet.

BERGERS.

Les Srs. Galobier , Lépi , Rouffeau , Baletti C. Beate.

MATELOTS.

Pas de Deux.

Le Sr. Lany.   La Dlle. Lany.

Les Srs. Feuillade , Dubois , Veftris C. le Lievre ,
Billoni , Berterin.

Les Dlles. Coupée , Marquife, Humblot, Chevrier.

DAPHNIS.

DAPHNIS
É
ALCIMADURO,
PASTOURALO LANGUEDOCIÉNO.

ACTE PRUMIÉ.

Le Théâtre repréfento lou hamel d'Alcimaduro
entourat d'albres.

SCÉNO I.

DAPHNIS.

AIR.

Pauvre Daphnis Que ferai-je
H ÉLAS ! Pauret, que faréy jou !

bleſſé le Dieu d'amour
Tant m'a blaſſat lou Diu d'amou.

Depuis que l'œil
Defpéy que l'él d'Alcimaduro,

dans mon cœur amoureux
A dedins moun cor amourous

A

DAPHNIS,

allumé   *brasiers*
Alucat milo fougayrous,

je souffre   *peine*   *plus dure*
Souffri la péno la pu duro.

Hélas! pauret, que faréy jou?
Tant m'a blassat lou Diu d'amou.

      pour   *finir*
Per fini ma tristésso,

Petit Dieu d'amour, viens dans   *ce*   *lieu*
Diu nenet, ben dedins aqueste loc;

     ton   *prête moi*   *le feu*
De toun ésprit présto me tout lou foc;

Pour bien parler
Per pla parla de ma tendrésso.

Mais je vois arriver le   *Soleil*   *de*   *mes yeux*
Més yéu bézi béni lou Soulél de mous éls

Qu'elle est belle   *que j'ai raison*   *porter*   *sa*   *chaîne*
Qu'és bélo, qu'éy rasou de pourta sa cadéno

    pour sçavoir ce   *qu'ici*
Per sabé ço qu'ayci l'améno

Allons   *l'épier*   *dessous*   *ces*   *rameaux*
Anennoun l'éspia dejouts aquéls raméls.

Daphnis cachat.

SÇÉNO II.

ALCIMADURO.

AIR.

petits oiseaux *du*
GASOUILLATS auzeléts à l'oumbro dél fuillatge,

vous siflez mon cœur est enchanté
Quand bous fiulats moun cor és encantat.

J'entends bien que dans votre
Entendi bé, que dins boftre lengatge,

Bous celebrats la libertat.

Elle eft le plaifir vie
El' és lou plazé de ma bido,

Car, je chante
Car, yéu la canti coumo bous;

auffi elle crie
Tabé fan céss'élo me crido,

qu'elle feule peut heureux
Qu'élo foulo pot rendr'hurous.

Gazouillats auzélets, &c.

SÇÉNO III.

DAPHNIS, ALCIMADURO.

ALCIMADURO.

jeune
Boun-jour joüiné Daphnis.

DAPHNIS.

Bergère
Boun-jour bélo Paftouro.

ALCIMADURO.

venez bien matin dans cette demeure
Bous benéts pla mayti dins aquefto demouro ?

DAPHNIS.

Je ne dors plus
Hélas ! Nou dormi pus.

ALCIMADURO.

pauvre enfant quel malheur
Péccayre, qual mal'hou !

peut caufer langueur
E' qui pot bous caufa paréillo languiffou ?

DAPHNIS.

L'Amour.

ALCIMADURO.

Comment fait telle peine
Couffi , l'Amour fa talo péno ?

DAPHNIS.

AIR.

petit trait plus pointu alêne
D'un pichot trét pus pounchut qu'un' alzéno,

le petit Dieu avec fléche d'or
Lou Diu nenet ambé sa biro d'or,

le donné pour étrenne
Lou jour de l'an m'a donnat per éstréno,

plus coups au travers du cœur
May de cent cops tout al traber d'al cor,

je suis surpris je ne suis mort
Que soüi surprés, coumo yéu nou soüi mor!

je n'en puis plus depuis qu'au moment fatal
N'oun podi pus, despéy qu'à la mal'houro,

j'ay ce
Ey rencontrat aquél malin enfan.

il n'avoit pour jeune Bergere
N'abio per Cour qu'uno joüino Pastouro,

plus belle que lui, qui folâtrant
Pu bélo qu'él, que tout en fadéjan,

il me tiroit elle lui tenoit main
Quand me tirabo, li tenio la man.

D'un pichot trét, &c.

ALCIMADURO.

je vous plains si
Bous plagni de souffrir un tan cruél martiro.

D A P H N I S.

ne fçait · · combien · cœur
Ma Paftouro fap pas, coumben moun cor foufpiro.

A L C I M A D U R O.

Il · la faut oublier · fi vous voulez
Bous la cal oublida, fe bouléts éftr'hurous.

D A P H N I S.

Cela
Aco n'és pas pouffible.

Peut
Pot-on éftr'infenfible ?

Le Ciel · Soleil · en a deux
Lou Cél n'a qu'un Soulél, ma Paftouro n'a dous.

A L C I M A D U R O.

Elle eft · bien · jolie
El' és dounc pla poulido ?

D A P H N I S.

De la voir · ravie
De la béyr'un moumen, on a l'amo rabido.

A L C I M A D U R O.

Quel eft · cet · fi beau, fi · précieux
Qual és aquél oubjét, tant bél, tan précious ?

D A P H N I S.

le · voulez · fçavoir
Bous lou bouléts fabé ?

A L C I M A D U R O.

Dites,
Digats, digats.

DAPHNIS.

C'eſt vous
Es bous.

ALCIMADURO.

Vous vous moquès; je ne ſuis
Bous trufats, yéu nou ſoüi pas bélo.

DAPHNIS.

êtes beauté, le plus
Bous ſiats de la béutat, lou pu parfét moudélo.

AIR.

ne veut pour
L'amour nou bol per tout charma

Que l'œil
Que l'él d'Alcimaduro.

par
Tout ſemblo per bous s'anima

Dans
Dins touto la naturo.

ſi bien
Bous ſabéts tan ben emflama,

pourquoi ne ſavez-vous aimer
Perqué nou ſabéts pas ayma?

ALCIMADURO.

AIR.

Le Dieu
Lou Diu de la tendréſſo

Eſt Dieu rigoureux
Es un Diu rigourous.

DAPHNIS,

Toujours   *dans*
Toutjoun dins la triftéffo

     plongent   *fes*   *douceurs*
Nous plounjoun fas douçous,

Bous penfats à meftréffo ,

Gardez   *vos*   *moutons.*
Gardats boftres moutous.

DAPHNIS.

Ah ! que moun fort és mal'hurous !

ALCIMADURO.

Allez   *conter*
Anats counta flourét'à qualqu'autro Paftouro.

DAPHNIS.

               heure
Ah ! bous me coundannats à mourir à tout'houro,

    ne   *plus*
Bous nou bouléts pus m'éscouta ?

ALCIMADURO.

encor   *une*   *fois*   *moi en repos.*
Encar'un cop , layffats m'éfta.

DAPHNIS.

les   *Bergers*
Lous Paftouréls de moun bilatge ,

pour   *m'ont*   *promis*
Per bous m'an proumés de danfa ;

        pour   *premier*
Souffréts que per prumier houmatge ,

      cherche à
Daphnis cerqu'à bous amufa.

ALCIMADURO.

ALCIMADURO.

O pour cela je le veux bien
O per aco lou boli pla.

DAPHNIS.

Ils sont au prochain
Elis soun al prouchen boucatge,
Qu'avec plaisirs je vais les chercher
Qu'ambé plazé bau lous cerqua.

SÇÉNO IV.

ALCIMADURO, JEANET.

ALCIMADURO.

De cet   *je me serois bien*
D'AQUÉL amour me sario pla passado....

JEANET.

Je te trouve
Te trobi tout'embarassado,
petite sœur   *peut*
Souréto, qui pot t'alarma?

ALCIMADURO.

Vous me voyez bien
Bous me bezéts pla couroussado,
s'avise   *m'aimer*
Daphnis s'abiso de m'ayma.

B

DAPHNIS,

JEANET.

Daphnis?

ALCIMADURO.

rien n'est plus
Rés n'és pu beritable.

JEANET.

AIR.

Ce   Berger   est
Aquél Paftour és ritche, aymable,

doux   comme   miel,   pourquoi   le   -
Dous coumo mél, perqué lou rebuta?

ALCIMADURO.

voulés   donc   qu'il   vienne
Bous bouléts dounc que m'en bengo counta?

JEANET.

AIR.

Je ne veux
Nou boli que boftr'abantatge,

comme celui-là   devroit   agréer
Un partit coum'aquél debrio bous agrada.

Quoique   jeunette,   vous êtes
Ben que joüinéto, fiats d'un atge,

peut   bien   marier
Où l'on pot pla fe marida.

ALCIMADURO.

AIR.

Le   plaifir   vie
Lou plazé de la bido,

C'eſt   gayeté,
Aco's la gayétat,

          mario
E' quand on ſe marido,
On perd ſa libertat.

JEANET.

petite ſœur,   n'es   raiſonnable
Souréto, tu n'ou ſiés pas ſatge,

pour toi
Per tu Daphnis és un tréſor.

ALCIMADURO.

AIR.

Je ne veux   mon   cœur
Nou boli pas douna moun cor

     peut devenir   volage
A qui pot debeni boulatge.

         de ſon   ſort
Qui ſe countento de ſoun ſor,

ne   rien
Nou deſiro rés dabantatge.

JEANET.

S'il   t'aimoit
S'él t'aymabo ſincéromen?

ALCIMADURO.

Je ſerois ſurpriſe
Sario ſurpréz'aſſuromen.

JEANET.

éprouve   le
Esproubo lou.   B ij

DAPHNIS,

ALCIMADURO.

Je   ne   fuis   affez
Yéu nou foüi pas prou fino ;

Rien
Rés n'és troumpur coumo la mino ;

Je   n'ofe
Nou gauzi pas.

JEANET.

AIR.

tu feras à la ntaifon
Quand faras à l'ouftal,

roder   dans   commune
Daphnis bendra rouda dins noftre comunal.

fi je le trouve feul   va, va,   moi
Se lou trobi foulét, bay, bay, layffo me fayre,

J'éprouverai bien   amant
Esproubaréy pla toun fringayre.

On entend un Prélude.

Quelle eft cette
Qual'és aquél'aubado ?

ALCIMADURO.

c'eft   qui vient
Aco's Daphnis que ben

Il   ne   connoît
El nou bous counéy pas.

JEANET.

Je me fauve bien vîte
Me falbi bitomen.

SÇÉNO V.

DAPHNIS, ALCIMADURO, PASTOUS,
PASTOUROS, PASTRES.

DAPHNIS.

pour   *plaire*
PER playr'à ma bélo Paftouro,
   Venés   *mes*
Benéts mous jantis coumpagnous
    ici   *fait*   *demeure*
L'amour ayci fa fa demouro,
Danfats, fautats, trémouffats bous.

On danfo.

CHOR.

Comme   *la*   *lumiere*
Coumo lou lum de la naturo
Force   *d'éclore*   *mille*   *fleurs*
Forço d'éfclore milo flous,
de même   *les*   *yeux*
Tabé lous éls d'Alcimaduro
Forcent   *les*   *cœurs*
Forçoun les cors d'éftr'amourous.

On danfo.

DAPHNIS.

AIR.

voit   *belle*
Qui béy la bél'Alcimaduro
voit   *le*   *plus*   *beau*
Béy l'aftre lou pu bél,

pour
Per charma touto la naturo,

il ne lui faut　　　　coup　d'œil
Nou li cal qu'un cop d'él.

pour　cette　Venus　　　nouvelle
Per aquélo Bénus noubélo,

on　voit　les　　　　　enfantins
On béy lous amours enfantéts,

voltiger　　　　　　　elle
Boultija fan céss'aprés élo

comme　une　　　　de petits oifeaux.
Coum'uno troupo d'auzeléts.

Qui béy, *&c.* 　　　　　　*On danfo.*

D A P H N I S.

A I R.

voyez le jeune ormeau　pour　les　fleurettes
Bezéts l'ourmél per las flourétos

agiter　fes　jeunes　　rameaux
Boulega fous joüinés raméls,

écoutez　　des　petits　　oifeaux
Escoutats das pichots auzéls

les　　　　　　　chanfonnettes
Las amouroufos canfounétos,

pour　　　　　le petit Dieu
Per tout charma lou Diu nenet

tire　fans　　de fon arc
Tiro fan céffo de l'arquét

il n'oublie　rien　dans
N'oublido rés dins la naturo

le　　cœur
Hormis lou cor d'Alcimaduro. 　*On danfo.*

DAPHNIS.

AIR.

jolie   Bergere
Poulido Paſtourélo,

perle   des   amours
Perléto das amous;

De la Roſo noubélo,

Esfaçats las coulous;

pourquoi êtes   ſi
Perqué ſéets bous tan bélo?

moi   ſi
E'yéu tan amourous!

jolie   Bergere
Poulido Paſtourélo,

perle   des   amours
Perléto das amous;

quoi que vous me ſoyez
Ben que me ſiats cruélo,

je   n'aimerai
Yéu n'aymaréy que bous.

On danſo.

DAPHNIS É LOU CHOR.

au Dieu   rien ne peut réſiſter
Al Diu d'amour, rés nou pot reſiſta . . . .

ALCIMADURO.

Bous celebrats trop la tendréſſo,

pourquoi ſi   ſouvent   chanter
Perqué tan ſouben la canta?

DAPHNIS.

chante à   maitreſſe
Quand on la cant'à ſa meſtréſſo,
ne   peut   repeter
On nou pot trop la repeta.

AIR.

ne   cherche   vous   plaire
Daphnis nou cerquo qu'à bous playre,
C'eſt   ſon
Aco's tout ſoun countentomen,
vous ne trouverez   jamais   d'amant
Nou troubaréts jamay fringayre,
qui   vous   aime   plus
Que bous ayme pu tendromen.

ALCIMADURO.

il faut que j'aille trouver   mon   frere
M'en cal ana trouba moun frayre,
excuſez   mon
Excuſats moun empréſſomen.   *Élo ſort.*

DAPHNIS.

elle   s'en   va   comme   éclair
Elo s'en ba coum'un ésclayre,
viens finir   mon   tourment
Amour, ben fini moun tourmen.

Fin del prumier Acte.

ACTE

ACTE SEGOUN.

Lou Théâtre réprefento lous entours dél hamél le les du

D'ALCIMADURO ; *das ouſtals d'un couſtat, das* des maiſons

albres de l'autre, é dins lou foun un boſc. un bois

SÇÉNO I.

JEANET *habillat en Milicien,* TROUPO *de* PASTOUS.

JEANET É LOU CHOR.

PER trioumpha dél loup ſalbatge, pour du ſauvage

Que defolo noſtre cantou, qui canton

Amics, anen, prengan couratge, amis, allons, prenons

Fazen brilla noſtro balou. faiſons valeur

C

DAPHNIS,

JEANET.

pour lui donner   dans
Per li douna dedins la panſo ,

     allez   tous
     Anats toutis bous prépara.

    il faudra
Quand caldra coumença la danſo ,

    un   de   vous
    Un de bous aus m'abertira.

SÇÉNO II.

JEANET.

   pour
P ER Daphnis , l'habit de miliço

  eſt   *nouveau*
Ès un déguiſomen noubél ;

   je veux lui   *bon   office*
Boli li rendr'un boun oufiço

   ſi ſon   *eſt bien*
   Se ſoun amour és pla fidél.

  mais il   *d'ici*
Més , aprocho d'ayci.

  dans   le tems   *arrive*
Dins lou tens que Daphnis aribo , Jeanet ſe mét
        à léſcar.

SÇÉNO III.

DAPHNIS, JEANET à léfcar.

DAPHNIS.

AIR.

dans ce lieu
HÉLAS! qui me raméno
Dedins aquefté loc ?

je ni viens chercher des peines
Nou béni que cerqua de péno ,

fans pouvoir calmer mon feu
Senfé poudé calma moun foc.

JEANET.

pourquoi és feul ici devant
Perqué fios tu foulét ayci deban ma porto ?

DAPHNIS.

Mr. je ne fçais
Mouffu... nou fabi pas.

JEANET.

pour parler
Per parla de la forto ,

fçais je fuis?
Sabés tu qui jou foüi ?

DAPHNIS.

pourquoi menacer
Perqué me menaça ?

C ij

je   ne   dis rien   qui   puiſſe   offenſer
Yéu nou bous diſi rés que bous posc'oufença.

JEANET.

vous   fáites   bien   n'eſt   pas
Bous fazéts pla, car Jeanet n'és pa tendre.

DAPHNIS.

plutôt
Puléu que de bous courouça,

je   vais   partir   ſans   plus
M'en bau parti ſan pus atendre.

JEANET.

non   non   cela   doux
Noun pas, noun pas, aco me ſera doux.

de ſçavoir   ce   qui
De ſabé çò que bous améno.

DAPHNIS.
AIR.

vous voyez   qui   porte une   chaîne
Bezéts un Paſtourél que port'uno cadéno

qui   le   fera
Que lou fara mourir.

JEANET.

êt s
Ah, bous ſiéts amourous?

s'il   vous   plaît   parlez
E' dequi ſe bous play, parlats?

DAPHNIS.

d'une
D'uno cruélo,

<small>, *Vénus*   *trouveroit*</small>
Que Bénus troubario trop bélo,

<small>*accablé*   *rigueurs*</small>
Acablat de milo rigous,

<small>*je ne*   *puis*   *vivre*   *pour elle*</small>
Nou podi biure que per élo.

JEANET.

AIR.

<small>*peut*   *eft*</small>
On pot quand on és mal'hurous

Se difpenfa d'éftre fidélo.

<small>*allez,*   *venez,*   *promenez*   *vous*</small>
Anats, benéts, paffejats bous,

<small>*parcourez*   *colines*   *montagnes*</small>
Arpentats coulinos, mouñtagnos,

<small>*pour être*   *encore*   *plus*   *heureux*</small>
Per éftr'encaro pus hurous,

<small>*faites*</small>
Fazéts trés ou quatre campagnos.

DAPHNIS.

<small>*à quoi*   *tout*   *cela*</small>
A que tout aco ferbira?

<small>*par*   *fuivra*</small>
Per tout l'amour me féguira.

JEANET.

<small>*n'avez-vous*   *jamais*   *vû*</small>
N'abéts jamay bift de bataillos?

DAPHNIS,

De baftions, ni de muraillos ?

D'houzars, de fiétge, de canou ?

De boumbos, de carcaffos ?

DAPHNIS.

non
Nou.

AIR.

les   clairons   les
Ni lous clarins, ni las troumpétos,

ne   nos   hameaux
Nou troubloun pas noftrés haméls ;

n'eft   par   nos
L'écho n'és rebéillat que per noftros muzétos,

le   des   oifeaux
E' lou ramatge das auzéls,

les yeux feuls   des   Bergeres
Lous éls fouls de las Paftourétos,

bleffent   le cœur   des   Bergers
Blaffoun lou cor das Paftouréls.

JEANET.

AIR.

rien n'eft fi beau   fi   qu'une   armée.
Rés n'és tan bél, ni tan grand qu'un'armado

par   elle eft
Quand per Louis és coumandado.

les
Dabor, on enten lous tambours

qui font
Que fan brüit à bous rendre fours.

En s'aprouchan, pif, paf, on fe chamaillo,

va
On y ba d'éftoc é de taillo,

allons
Anen couratge coumpagnous,

droit,
A drét, à gauche, deban bous.

le   fabre en   main   va dans
Loü fabr'en ma, l'on ba dins la bagaro,

au   du
Tout al trabers du tintamaro,

entend   le
On entén rounfla lou canoü,

Poün, poun, coumo la baffo countinuo.

épouvanté   telle   valeur
L'enemic éfpaurit. d'uno talo balou,

ne   cherche   fuir
Nou cerquo qu'a fugir, atrapo, tuo, tuo.

crie   eft fait
On crid'aprés que tout és féy

vive le   Roi
Bibo lou Réy, Bibo lou Réy.

Rés n'és tanbél, &c.

DAPHNIS.

peut on
Mouffu, pot on bous demanda,

DAPHNIS,

par quelle
Coumen, é per qual' abenturo,
vous habitez le
Habitats lou pays?

JEANET.

je viens marier
Beni me marida.

DAPHNIS.

prenez ici
Qui prenéts bous ayci?

JEANET.

belle
La bél' Alcimaduro.

DAPHNIS à part.

Alcimadur' o fort trop rigourous!

JEANET.

on m'a apris fefoit les yeux doux
M'an apréz qu'un bergé li fazio lous éls dous;
mon ame feroit ravie
Que moun amo fario rabido,
de pouvoir le trouver
De poudé lou trouba.

DAHPNIS.

vous le voyez
Lou bezéts deban bous.
plutôt la vie
Daphnis perdra puléu la bido,
ceder il eft
Que de céda l'oubjét dont él és amourous.

SÇÉNO

SÇÉNO IV.

DAPHNIS, JEANET, ALCIMADURO.

ALCIMADURO *dins la coulisso.*

A^{au}L fecours, al fecours ...

JEANET.

peur
Qualqu'un de poou s'ésplouro.

'ALCIMADURO.

fauver
Qui poura me falba ?

DAPHNIS.

qu'avez-vous   belle
Qu'abets bélo Paſtouro ?

'ALCIMADURO.

qui   veut   dévorer
Un gros loup enrajat que me bol déboura.

voyez
Bezéts ?

DAPHNIS.

ne   craignez   rien   par
Nou crengats rés , per Daphnis périra.

Daphnis pren lou fabre de Jeanet , é Jeanet s'enfugits.

D

ALCIMADURO.

faites
Que fazéts bous ? ô couratge intrépido !

il va
El ba mouri.

Alcimaduro toumbo esbanouido.

DAPHNIS aprés abé doumptat lou loup.

le   Ciel   fon
Lou Cél m'a préstat foun fecours.

SÇÉNO V.

DAPHNIS ALCIMADURO *esbanouido.*

DAPHNIS.

AIR.

du   n'êtes   plus   fuivie
D'AL loup cruél, bous nou fiés pus feguido ,

revoyez   mes
Rebezéts la clartat, oubjet de mous amours.

c'ift   qui   donneroit   fa   vie ,
Aco's Daphnis, que dounario fa bido ,

pour fauver de fi   beaux
Per falba de tan belis jours.

ALCIMADURO.

AIR.

pour   le   prix
Per lou préts de ma délibrénço ,

ne   puis-   je   aimer
Que nou podi jou bous ayma;

mais fi   mon   cœur   ne   peut
Mès fe moun cor nou pot pas s'enflama;

toujours
Aura toutjoun de la recounéiffenço.

DAPHNIS.

vous ne   pouvez   quel
Nou poudéts pas m'ayma? qual déplourable fort !

ALCIMADURO.

je plains
Plagni boftro fouffrénço.

DAPHNIS.

pour   vivre ainfi   fans
Per biur'atal fens' éfperenço,

il faut plutôt
Cal puléu defira la mort.

ALCIMADURO.

ne   cherchez
Nou la defiréts pas... cerquats l'indifferénço,

pour   trouver   il ne   faut
Per la trouba, nou cal pas grand éfort.

SÇÉNO VI.

DAPHNIS, ALCIMADURO, JEANET, PASTOUS.

JEANET.

OUN t'es aquél monftre terrible ?

Amics, ayci m'és éscapat.

ALCIMADURO.

Daphnis à qui tout és pouffible,

La coumbatut, é la doumptat.

JEANET.

Coumo Jeanet, él és doupc inbéncible ?

ALCIMADURO É JEANET.

Celebrats toutis fa balou,

Cantats un tan brabe Paftou.

CHOR.

Celebren toutis fa balou,

Canten un tan brabe Paftou.

On danfo.

ALCIMADURO.

AIR.

les   plaiſirs   dans   le
Lous plazés dins lou bilatge;

vont tous
Ban toutis recoumença;

du
A l'oumbréto dél fuillatge,

les   Bergers   viendront
Lous Paſtous bendran danſa.

ſeul par
Daphnis ſoul per ſoun couratge,

ſi   doux
Nous procur'un ſort tan dous.

il
El merito noſtr' houmatge,

c'eſt lui qui
Es él que nous rend hurous.

On danſo.

ALCIMADURO.

AIR.

qui   faites   le plaiſir   vie
Bous que fazéts lou plazé de ma bido;

petits agneaux ne   craignez   plus du
Agnéls, nou créngats pus dal loup la cruautat.

allez   *fans peur*   *fleurie*
Anats boundi fan poou fur l'hérbéto flourido ,

moi vous devez
A Daphnis coumo jou debéts la libertat.

Lous Paftous ban coupa qualquos brancos d'albres ,
per fayre uno Guirlando à Daphnis.

JEANET É LOU CHOR.
AIR.

le   *par*
Lou méchan loup per foun rabatge

Trop lountems nous a fayt trambla ;

prévenu
Daphnis a prébengut fa ratge ,

feul il en a fçu
Soulét n'a faput trioumpha.

du pied   *main*
Frapén dal pé baten la ma ,

il eft le petit Hercule du
El és l'Hérculét dél bilatge ;

frapons   *du pied*   *main*
Frapén dal pé , baten la ma ,

pourroit ne le
Qui pourio nou lou pas ayma.

SEGOUN COUPLÉT.
AIR.

pour   *faire*
Per fayr'un ritche mariatge ,

Daphnis n'aura qu'à defira;

fi *il fe*
Se jamay fe met en menatge,

heureufe *celle* *qui*
Hurous' aquélo que l'aura.

Frapén dal pé , baten la ma,

El és l'Hérculét dél bilatge ;

Frapén dal pé , baten la ma,

Qui pourio nou lou pas ayma.

         On danfo.

JEANET.

allons   *rien*
Anen fan que rés nous reténo ,

     au Seigneur du lieu
Prefenta Daphnis al Ségnou.

DAPHNIS.

c'eſt
Aco's bous douna trop de péno ,

je ne   *d'honneur*
Nou meriti pas tan d'aunou.

JEANET.

    tous les regards
Bous meritats regardaduro ,

  le
De tout lou bilatg' affemblat.

DAPHNIS,

DAPHNIS.

d'avoir   fauvé
D'abé falbat Alcimaduro,

ne   fuis-je   pas
Nou foüi jou pas récoumpenfat ?

ALCIMADURO.

vous ne   pouvez   plus
Nou poudéts pus bous en défendre ;

allez   partez
Anats, partéts, brabe Paftou.

         le   prix   valeur
Tandis que recebréts lou préts de la balou ;

mes   je vais
A mas coumpagnos bau aprendre,

ce   avez   pour moi
Çô que bous abéts fayt per jou.

DAPHNIS,

Alcimaduro me l'ourdouno ;

ce   qui   lui plaît   Roi   vaut
Fayre çô que li play, d'un Réy bal la Courouno.

Findél fegoun Acto.

***

                        ACTE

ACTE TROISIÉME.

Lou Théâtre répresento uno Plaço entourado d'albres,
é uno Ribiéro dins lou foun.

SÇÉNO I.

ALCIMADURO.

AIR.

laisse   *moi*
LAYSSO mé moun indiferenço,

moi en repos
Cruél amour, layffo m'éfta.

je te veux faire
Quand te boli fa refiftenço,

pourquoi   *moi*
Perqué countro jou t'irrita?

cœur . qui   *veut*
Un cor que te bol éfcouta

peine
N'éfproubo que pén' é fouffrénço.

moi
Layffo me moun indiferenço,

moi en repos
Cruél Amour, layffo m'efta.

E

SÇÉNO II.

JEANET, ALCIMADURO.

JEANET.

> *petite sœur*
> SOURÉTO, à quand toun mariatge?
>
> *je meurs d'envie*
> Mori d'embéjo d'y danfa.

ALCIMADURO.

> *cela*
> Tout aco n'és qu'un badinatge,
>
> *cherchez*
> Bous cerquats à bous amufa,

JEANET.

> *veut dire cette*
> Que bol dir' aquélo boutado?
>
> *ne peux*
> De l'amour de Daphnis tu nou podés douta
>
> *ce je t'ai pourquoi*
> Après çô que t'éy dit, perqué dounc héfita?

ALCIMADURO.

> *voyez*
> Bous me bezéts determinado,
>
> *ne plus vouloir*
> A nou pus boulé l'éfcouta.

JEANET.

AIR.

quel
Ah ma souréto , qual doumatge,

si
De perdr'un tan brabe Paftou.

fçais   quel   eft   fon
Tu fabes qual és foun couratge?

fçais   quel   eft   fon
Tu fabes qual és foun amou?

il t'adore   fans
Quand t'adoro fenfe partatge,

contre   lui   rigueur
Tu t'armes countr'él de rigou.

Ah ma , &c.

ALCIMADURO.

eft   Dieu
L'Amour és un Diu trop terrible.

JEANET.

cherches
Tu cerquos trop à l'irrita.

ALCIMADURO.

fi   jamais   il rend   cœur
Se jamay rend moun cor fenfible,

raifon
Ma rafou faura refifta.

E ij

DAPHNIS.

JEANET.

je vois   adieu
Bézi Daphnis, adiu souréto,

je
Yéu te conféilli de l'ayma.

ALCIMADURO.

ne   laissez   seüle
Ah! nou me layfféts pas souléto.

JEANET.

raison   rien   ne   peut
La rafou te fufits, rés nou pot t'alarma.

                         Él sort.

ALCIMADURO.

pourquoi   aller
Jeanet, perqué bous en ana.

SÇÉNO III.

DAPHNIS, ALCIMADURO.

DAPHNIS.

demeurez   belle
AH! demourats bél'inhuméno.

ALCIMADURO.

va   je veux fuivre   fes
Jeanet s'en ba, boli fégui fous pas.

DAPHNIS.

ſuivez *eſt*
Bous feguiſſéts Jeanet ? ah ma mort és certéno ;

c'eſt
Aco's l'arrét de moun trépas.

ALCIMADURO.

vous avez *tête* *troublée*
Abéts la téſt' embalauzido.

Daphnis y penſats bous ?

peut *revenir* *de cette*
Que bous pot rebeni d'aquélo fantezido ?

DAPHNIS.

mon *moins*
Moun fort fera mens mal'hurous.

AIR.

paye *le* *qu'il* *doit*
Qui pago lou tribut qu'él déu à la naturo ,

ne
Nou ſouffro pas un grand tourmen.

aimer
Més ayma fan retour la bél' Alcimaduro ,

c'eſt
Aco's mourir à tout moumen.

ALCIMADURO *à part.*

j'enrage *qu'il* *ſoit* *ſi*
Enratji qu'él ſio tan fidélo.

DAPHNIS.

vouloir
Hélas ! fan boulé m'éfcouta,

ne   fongez
Bous nou founjats qu'à me quita ;

adieu
Adiu Paftouro trop cruélo.

ALCIMADURO.

venez   ici
Daphnis, benéts ayci.

veut dire cette
Que bol dir' aquélo febléffo ?

ne   plus
Bous nou m'aymats dounc pus ?

DAPHNIS.

comment
Couffi,

m'accufez
Bous m'acufats de manqua de tendréffo ?

AIR.

pour   prouver   mon   cœur eft
Per bous prouba que moun cor és à bous,

je vous ai
Bous éy fayt don de tout moun pafturatge,

mon   mon   chien
De moun troupél, é de moun gous,

Et   ce que j'ai pour
E' tout çô qu'éy per héritatge.

Mon   *pere*
Moun payr' après ma mort...

ALCIMADURO.

dites   *vous*   *Dieu*
Que dizéts bous grand Diu?

DAPHNIS.

ce   *qui est à moi*
Bous dounara tout çô qu'és miu.

ALCIMADURO à part.

mon   *ame est agitée*
Ah que moun am' és agitado,

A Daphnis.

e n'y tiens plus   *vivez*
N'i téni pus. Bibéts, trop génerous Paftou,
vivez   *pourquoi m'avez vous quittée*
Bibéts... Jeanet, perqué m'abéts quitado?

DAPHNIS.

qu'entens-   *je*
Jeanet, qu'entendi jou!

cherchez   *rival pour*
Bous cerquats moun ribal per coumbla moun
                         mal'hou?
pour   *pour*   *peine*
Per me defefpera, per augmenta ma péno,
fans   *pitié*   *vous voyez*
Senfe piétat, bezéts moun déplourable fort.

ALCIMADURO.

Daphnis....

DAPHNIS,

DAPHNIS.

c'en est adieu
Aco n'és trop, adiuciats inhuméno,

ne veut plus
Daphnis, nou bol pus que la mort.

Él fort.

ALCIMADURO,

ne
Bous nou m'entendéts pas?

SÇÉNO IV.

ALCIMADURO,

le
LOU cruél m'abandouno!

Il fuit, il va que faire devenir
El fugits, el s'en ba, que fa? Que débéni?

ne peut le retenir
Alcimadur' hélas! nou pot lou réténi!

est cœur
Moun ésprit és troublat, é tout moun cor friffouno,

frere où êtes vous arrivez
Moun frayr' oun te fiats bous? aribats proumptomen,

Alcimaduro bous apélo.

que ce
Qu'aquél retardomen

douleur
A ma doulou cruélo

Ajouto de tourmen.

SÇÉNO

SÇÉNO V.

ALCIMADURO, JEANET.

ALCIMADURO.

dépéchez · *peut-être*
AH! Jeanet défpechats, béléu Daphnis trépaffo,
allez · *de lui*
Anats, couréts prés d'él...

JEANET.

O fecours fuperflus.

ALCIMADURO.

ne
Bous nou m'éfcoutats pas? bous demourats en plaço?

Ah! que bous m'alarmats?

JEANET.

plus
Hélas! Daphnis n'és pus.

ALCIMADURO.

plus · *Dieux*
Daphnis n'és pus grand Dius! Ah! tout moun fang
fe glaço

F

DAPHNIS,
ALCIMADURO.

AIR.

pour
Daphnis, moun chér Daphnis, per termina toun
fort,

quelle rage
Qualo ratjo te guido ?

rigueur
Ma rigou te douno la mort,

ne   peut   vie
E' moun amour nou pot te redouna la bido.

JEANET.

toi   sœur
Calmo te ma souréto.

ALCIMADURO.

comment
Eh couffi me calma ?

je fuis   defefperée
Yéu foüi defefperado ;

JEANET.

c'eft
Aco's trop t'anima,

tes
Tous regréts foun perduts.

ALCIMADURO.

au   frere
Al noun de Diu moun frayre,

allons trouver   je veux le , voir
Anen trouba Daphnis, boli lou béyr' encor.

JEANET.

de lui   *veux*

Tu n'y penfos dounc pas, prés d'él que bos tu fayre ?

ALCIMADURO.

poignard je veux   *cœur*

De foun coutél, boli perça moun cor.

JEANET.

Dieux

Grand Diu !

ALCIMADURO.

pour

Per fini moun martiro

je fuis   *qui*

Ségui la ratjo que m'infpiro.

SÇÉNO VI.

DAPHNIS, ALCIMADURO, JEANET.

ALCIMADURO.

mort

AH ! Daphnis n'és pas mor.

DAPHNIS.

mes

Paftouro mas amours ;

ALCIMADURO.

quel

Qual Diu bous rend à ma tendréffo ?

F ij

DAPHNIS,

DAPHNIS.

prêté
Jeanet m'a préstat soun secours.

ALCIMADURO à *Jeanet*.

m'avez   trompée
Ah ! bous m'abéts troumpado.

JEANET.

oublie
Oublido ta tistrésso ,

pour   éprouver   cœur   j'ai   voulu
Per ésprouba toun cor , éy boulgut t'alarma.

pardonne
Perdouno ma finésso.

ALCIMADURO à *Daphnis*.

j'ai fait   voir
E'y fayt trop béyre ma feblésso ,

pour   vouloir
Per la boulé dissimula.

DAPHNIS.

Ah ! ma félicitat, passo moun ésperenço ,

m'aimez   daignez   le
Pastouro , bous m'aymats , dégnats lou répeta.

ALCIMADURO.

Je   ne   puis   plus
Yéu nou podi pus resista ,

A tant d'amour , é de counstenço.

DAPHNIS É ALCIMADURO.

Duo.

Je n'aurai   *loisir*
N'auréy jamay trop de lezé
pour
Per celebra ta bienbéillenço,
quelle
Amour, ah! qualo récompenso,
cœur   *nage*   *dans*   *le*   *plaisir*
Moun cor natjo dins lou plazé.

JEANET.

ici   *sous*
Jantis Pastoureléts, ayci, jouts la berduro,
venez   *tous*   *chanter*
Benéts toutis canta l'amour d'Alcimaduro.

SÇÉNO VII.

DAPHNIS, ALCIMADURO, JEANET, PASTOUS, PASTOUROS.

On danso.

JEANET É LOU CHOR.

Le petit Dieu d'amour est   *enjoleur*
LOU Diu nenet és un embelinayre;
qui que ce soit ne peut
Dégus nou pot s'en garanti.

le   trait qu'il veut   faire
Lou trét qu'él bol nous fa senti,

    main   éclair
Part de sa ma coum'un ésclayre.

               On danso.

ALCIMADURO.

AIR.

  veut
Quand l'amour bol nous emflama,

qu'il sçait bien   il faut
Que sap pla coumo cal s'y prendre;

il est si fin   pour
Es tan finét per nous surprendre,

     folâtrant il sçait
Qu'en fadejan sap nous charma.

     contre lui
Que fert countr'él de se defendre?

     contre lui
Que fert countr'él de s'anima?

il ne faut   pour
Nou cal qu'un moumen per ayma,

il ne faut
Nou cal qu'un moumen per se rendre.

               On danso.

DAPHNIS.

     avoit raison
Ah! que l'amour abio rasou

De blassa ma Pastouréléto,

il
El n'a jamay fayt de counquéto

qui   puiſſe   faire plus   d'honneur
Que poſco li·fa pu d'aunou.

ſi   dans   le
Se dins lou ſejour de Githéro,

montroit   petit ſoleil
Se mouſtrabo moun ſouleillet;

au plus   petit   amour
Juſqu'àl pus pichot amourét,

voudroit   pour
Bouldrio la prendre per ſa méro.

On danſo.

BAUDEBILO.

ALCIMADURO.

ayez
A JATS perlos, rubis, ducats,

mes   belles   Dames
Mas bélos Damos de Toulouſo,

je ne   ſoucie
De bijous nou m'en chauti pas,

il n'en faut   pour
N'en cal pas tan per eſtr' hourouſo

ſous   l'ormeau
Més, jouts l'Ourmél rir' é canta

avec
Ambé Daphnis deſſus l'herbéto,

voir   nos   agneaux
Béyré noſtrés agnéls brouta,

c'eſt   envie
Aco's touto moun embejéto.

DAPHNIS.

ses
De la cour é de fous apas
cherche
Cerqué qui bouldra la fourtuno ;
je ne *foucie*
De grandou nou m'en chauti pas,
elle eſt fouvent
El' és foubent trop importuno.

A Alcimaduro, *charmer*
Més, à tout moumen bous charma,
parler
Ne bous parla que d'amouréto,
toujours *aimer*
Toutjoun bous playr' é bous aima,
c'eſt *envie*
Aco's touto moun embejéto.

JEANET.

quoi *force*
Ben que la forſo de moun bras
ne trouve rien qu'elle
Nou troubo rés que n'éxecuto ;
je ne *foucie*
De guérro nou m'en chauti pas,

Jeanet n'aymo pas la difputo.

Au Public,
pouvoir
Més un jour, poudé me flata
d'avoir *battement* *main*
Dabé qualque cop de manéto,
votre *indulgence* *mériter*
Boſtr' indulgenço merita,
c'eſt *envie*
Aco's touto moun embejéto.

FIN. On danſo.

www.ingramcontent.com/pod-product-compliance
Lightning Source LLC
Chambersburg PA
CBHW060810180626
46818CB00002B/776